Acontius et Cydippe

scripsit

Michael Hirschler

Hanc fabulam scripsit: Michael Hirschler

Imagines pinxit: Ivan Zamyslov
Fabulam emendavit: Alexius Cosanus
Tegumentum creavit: Germancreative (nomen artificiale)

ISBN: 979-8439247844

Verenae sorori

Acontius et Cydippe

DE AMORE INCERTO

Cydippe cum parentibus et nonnullis servis ex urbe Athenis in insulam Delum navigavit. Quā in insulā magnificum Dianae deae templum erat. Quotannis[1] magnum festum ad deae honorem celebrabatur et multi homines Delum petebant, ut festo interessent.

Pater Cydippes, cui nomen erat Ceyx, etiam cum uxore filiāque huic festo interesse voluit. Ceyx, qui fuit mercator divitissimus, Delum petivit non solum ad deos colendos, sed etiam ad negotia gerenda[2].

Iam advesperaverat. Ceteris cenantibus Cydippe sola in prorā[3] stetit coniecitque oculos in undas[4]

---

[1] *quotannis*: jährlich / annually
[2] *negotia gerere*: Handel treiben / to trade
[3] *prora*, -ae f.: Bug, Vorderteil des Schiffes / prow

leniter fluctuantes. Virgo tristis esse videbatur. Itaque una ex servis, nomine Dorea, Cydippae appropinquavit. Dorea autem non solum Cydippes nutrix[5] et ancilla, sed etiam amica erat.

Nutrix dixit: »Quae est causa tristitiae tuae? Cras adveniemus Delum. Festo magno valde delectaberis.«

Respondit autem Cydippe: »Magnā in sollicitudine[6] sum, Dorea. Pater me despondit[7] adulescenti cuidam, quem numquam vidi. Si Athenas redierimus, adulescenti illi ignoto nubam.«

Dorea dixit: »Lymandrus ex nobili genere natus est. Maritus bonus tibi erit.«

Cydippe »Nescio« inquit »an eum reverā[8] amare possim.«

Cui Dorea dixit: »Si eum conspexeris, Amor deus sagittam[9] in cor tuum mittet. Tum adulescentis amore ardebis, domina.«

---

4   *unda*, -ae f.: Welle / wave
5   *nutrix*, nutricis f.: Amme / nurse
6   *sollicitudo*, -inis f.: Sorge, Kummer / disquiet
7   *despondere*, despondeo, despondi, desponsum: verloben / to promise a woman in marriage
8   *reverā*: tatsächlich / in fact, actually
9   *sagitta*, -ae f.: Pfeil / arrow

Paulo post Cydippe dixit: »Exspectationes patris decipere[10] nolo. Uxor bona ero. Spero fore, ut Iuno, Vesta, Diana ceteraeque deae me adiuvent!«

Dorea dixit: »Deae omnes te adiuvabunt. Ego quoque te adiuvabo, domina! Sequar te, quocumque ieris.«

Virgo ancillam intuens »Tu« inquit »reverā amica mea optima es, Dorea.«

His verbis dictis Cydippe nutricem complexa est.

---

[10] *exspectationes decipere*: die Erwartungen täuschen / to disappoint the expectations

DE FESTO CELEBRATO

Postridie navis Ceycis in portum[11] insulae pervenit. Iam multae naves et innumerabiles homines ex totā Graeciā in portu erant.

Delos insula maximi momenti erat. Illa erat sacra non solum Dianae, sed etiam Apollini. Dicebantur enim Apollo et Diana hāc in insulā nati esse, postquam propter iram Iunonis Latona, mater eorum, Delum confugit[12]. Cursu temporum plures pluresque homines ex omnibus civitatibus Graecis Delum petebant. Quā de causā templa magnifica multaque alia aedificia constructa erant.

Delos insula divitiarum plena valde florebat, quoniam non solum multi homines, sed etiam multae

---

[11] *portus*, -us m.: Hafen / port, harbour
[12] *confugere*, confugio, confugi: fliehen / to flee

civitates[13] Graecae res pretitiosas Apollini Dianaeque donabant. Sic Naxii olim Apollini dedicaverant quandam statuam triginta fere pedum altitudine, quae ›Colossus Naxius‹ vocabatur.

In insulā Delo quoque ara illa clarissima erat innumeris cornibus exstructa. Mirabile visu!

Cydippe cum ceteris portum reliquit. Paulo post illa cum parentibus deversorium lautum[14] prope forum situm intravit.

Postea Philomena, Cydippes mater, dixit se per urbem ambulare velle. Itaque Philomena et Ceyx et Cydippe cum tribus servis per urbem ambulantes non solum illam Apollinis statuam ingentem et illam aram cornibus exstructam visitaverunt, sed etiam alia aedificia pulcherrima.

Viae urbis plenae hominum celebrantium erant. Cydippe vidit saltatrices saltatoresque et eos, qui tibiis calamisque cecinerunt. Urbs ei valde placuit.

Cydippe cum parentibus ambulavit per viam

---

[13] *civitas*, civitatis f.: Stadtstaat / city-state
[14] *lautus*, -a, -um: vornehm, stattlich / elegant

latam, in cuius parte dextrā et sinistrā statuae leonum sedentium positae erant. Nunc pervenerunt ad lacum sacrum, quo Latona Apollinem et Dianam peperisse dicebatur. Visitaverunt palmam illam, quā olim Latona pariens nixa erat.

Deinde Ceyx filiae dixit: »Mea filia, ad templum Dianae eamus! Mox sacerdotes Dianae victimas immolabunt.«

Cydippe, quamquam sacrificiis eiusmodi interesse noluit, tamen patri paruit.

Ante templum Dianae magna multitudo hominum iam aderat. Homines summā laetitiā affecti sacerdotes exspectaverunt. Ubique tus[15] bene olebat.

Denique sacerdotes et magistratus vestes pulchras induti ad aram ante templum positam venerunt. Portae templi patebant[16], ut homines simulacrum[17] Dianae viderent. Erat pulcherrimum simulacrum marmoreum variis coloribus inductum. Dianae tunicā indutae pendebat ab umero pharetra sagittarum plena. Manu sinistrā arcum tenebat.

---

[15] *tus*, turis n.: Weihrauch / incense
[16] *patere*, pateo, patui: offen stehen / to stand open
[17] *simulacrum*, -i n.: Kultbild / cult image

Tubis concinentibus servi in pompā magnā victimas, quae fuerunt tauri et oves et sues, ad templum duxerunt. Homines magnā voce nomen deae clamaverunt et multis verbis Dianam laudaverunt.

Nunc sacerdotes manibus ad caelum sublatis verba sacra dixerunt. Precibus finitis victimae immolatae sunt. Sacrificiis factis[18] homines laetissimi celebraverunt.

Ceyx uxori filiaeque dixit: »Ad forum ibo. Mihi enim negotium gerendum est.«

Cui respondit Philomena: »Hic manemus, Ceyx. Templum Dianae intrare volumus.«

Ceyx unum ex tribus servis iussit Philomenam Cydippenque et Doream comitari. Servus, cui corpus lacertosum erat, paruit. Deinde Ceyx cum duobus ceteris servis ad forum properavit. Capite velato[19] Philomena et Cydippe cum Doreā servoque intraverunt magnum Dianae templum ordine Ionico aedificatum.

---

18 *sacrificium facere*: ein Opfer darbringen / to sacrifice
19 *velare*, velo, velavi, velatum: verhüllen, verschleiern / to veil, to cover

Cydippe ante simulacrum deae iit procubuitque in genua. Parvā voce precata est dicens: »Diana Delia, Latonae Iovisque filia, Apollinis soror, dea venatus[20] et silvarum[21] et animalium, dea vitae, ego Cydippe Ceycis filia te voco! Mox adulescenti cuidam nubam, quem adhuc non novi. Libera me metu! Libenter fortunae meae cedam[22].«

---

[20] *venatus*, -us m.: Jagd / hunt
[21] *silva*, -ae f.: Wald / wood, forest
[22] *fortunae cedere*: sich seinem Schicksal beugen / to accept the fate

DE ADULESCENTE IGNOTO

Eodem autem tempore in Delo insulā adulescens quidam aderat, cui nomen Acontius erat. Ille imberbis[23] fuit corpore lacertoso et valido, capillo nigro et loquacibus[24] oculis. Acontius nobili genere ortus in insulā Ceā est natus. Pater, qui sacerdos Iovis erat, Acontium iusserat Delum proficisci ad festum Dianae participandum. Itaque Acontius cum nonnullis servis Delum navigaverat.

Acontius quoque sacrificia Dianae facta spectaverat. Sacrificiis factis solus per vias ambulavit, cum iussisset servos in deversorium redire. Ille ebrius erat, quia totum diem celebraverat biberatque multa pocula vini.

---

[23] *imberbis*, -e: ohne Bart / beardless
[24] *oculi loquaces*: ausdrucksvolle Augen / expressive eyes

Sol in caelo sereno lucebat. Itaque Acontius vini plenus aedem Dianae intravit sperans fore, ut inveniret umbrosum[25] requiescendi locum.

Templum Acontio frigus[26] illud exspectatum dedit. Acontius in pavimento marmoreo consedit reclinavitque[27] caput in parietem.

Acontius somno se dare voluit, cum repente conspexit virginem summae pulchritudinis ante simulacrum Dianae precatam. Oculis suis non credidit, cum intueretur virginem illam pulcherrimam. Primo adspectu[28] Acontius magno amore illius virginis est captus. Desiderio virginis adeo exarsit, ut Amor ipse sagittam auream in Acontii cor misisse videretur.

Statim Acontius virgini appropinquavit. Cui verba pulchra dicere voluit, sed ebrius nihil dicere potuit nisi nonnulla verba obscura[29].

---

[25] *umbrosus*, -a, -um: schattig / shady, shadowy
[26] *frigus*, frigoris n.: Kühle / coolness, freshness
[27] *caput in parietem reclinare*: den Kopf an die Wand anlehnen / to lean the head against the wall
[28] *primo adspectu*: auf den ersten Blick / at first sight
[29] *obscurus*, -a, -um: unverständlich, undeutlich / vague, obscure

Cydippe, quae Dianam precans adulescentem appropinquantem non animadverterat, verbis auditis perterrita est. Cydippe clamavit, quia illum ignotum putavit praedonem[30]. Philomena celeriter ad Cydippen cucurrit. Statim servus, qui Cydippen comitatus est, dominae clamanti subvenit. Priusquam Acontius verba excusandi facere posset, servus adulescentem graviter cepit pepulitque in pavimentum. Acontius vini plenus se defendere non potuit.

Homines circumstantes pugnam spectaverunt. Duo custodes templi advenerunt. Cydippe se ex metu colligens[31] adulescentem humi iacentem intuita est. Facies eius ei placuit, sed nulla verba ad adulescentem dicere potuit. Custodes enim adulescentem illum ignotum celeriter ceperunt duxeruntque ex templo. Dorea autem dominam suam hortata est, ut templum relinqueretur. Itaque Cydippe cum matre et Doreā servoque ex templo properavit.

---

[30] *praedo*, praedonis m.: Räuber / robber, thief
[31] *se ex metu colligere*: sich von der Furcht erholen / to recover from fear

Cydippe secum cogitavit: ›Fortasse ego ingenio praepropero[32] fui. Adulescens ille mihi male facere certe noluit.‹ Deinde secum dixit: ›Facies eius mihi placet.‹

Dorea, tamquam si cogitationes eius audire potuisset, Cydippae dixit: »Ubique sunt viri malo ingenio. Sine curā sis, domina. Mox in deversorio eris. Ibi tuta eris.«

Cydippe autem ancillae »Cras«, inquit, »iterum in templum ibo, Dorea. Nam preces meas finire non potui.«

---

[32] *praeproperus*, -a, -um: voreilig, vorschnell / very hurried

DE AMORE CRESCENTE

Postridie Cydippe deversorium clam reliquit. Sola fuit, quia neque parentibus neque ancillae dixerat, quo iret. Celeriter Cydippe aedem Dianae petivit sperans fore, ut adulescentem ignotum videret. Totam noctem de illo adulescente cogitaverat neque dormiverat.

Ante aedem Dianae Cydippe diligenter circumspexit. Multos homines vidit, sed illum adulescentem non vidit.

Acontius quoque ad templum Dianae venit. Nam speravit fore, ut virginem illam pulcherrimam iterum conspiceret. Templum intravit neque eam vidit. Ante templum circumspexit, num virgo adesset. Virginem autem non vidit. Itaque ante templum consedit. Acontius secum cogitavit: ›Quid hic ago? Cur propter hanc virginem tempus meum perdo[33]? Nescio, quis illa sit. Ne nomen quidem eius novi. Convenerim multas alias virgines! Ego autem celebrare nolo. Ego pocula vini bibere nolo. Ante aedem Dianae sedeo et exspecto quandam virginem, sed nescio, utrum illa ventura sit necne.‹

Eodem autem tempore Cydippe templum Dianae intravit, sed adulescentem non conspexit. Subito autem Cydippe, cum ex templo exiret, oculis suis non credidit. Cor eius vehementer pulsabat. Conspexit enim illum adulescentem ante templum sedentem. Primum dubitavit, tum caute ei appropinquavit.

Acontius se convertit, secum cogitavit: ›Dis gratias ago! Ea profecto venit.‹

Cydippe statim constitit, cum faciem adulescentis vidisset. Illa secum cogitavit: ›Quam pulchri sunt oculi eius! Ille adulescens hodie pulchrior est quam pridie. Ille ebrius esse non videtur.‹

---

[33] *tempus perdere*: Zeit vergeuden / to waste time

Neque Cydippe neque Acontius verbum facere potuit. Denique Acontius, postquam virginem diu intuitus est, surrexit et linguā haesitavit[34] dicens : »S-s-salve! Recordarisne[35] me? Ignoscas mihi, quod heri in templo te perterrui. Hoc consilium meum non fuit. Ebrius fui. Nihil tibi dicere volui nisi me pulchritudinem tuam admirari. Quid nomen tibi est?«

Cydippe verba adulescentis audiens subrisit responditque: »Cydippe Ceycis Atheniensis filia sum.«

Ille »Tibi«, inquit, »nomen pulcherrimum est. Acontius vocor. Ex insulā Ceā sum.« Deinde Acontius circumspiciens interrogavit: »Ubi sunt servi tui?«

Cui Cydippe rubuit et respondit: »Hodie sola ad templum veni. Te enim quaerebam.«

Verba dicta Acontio placuerunt. Ille quoque dixit se eam exspectavisse.

Paulo post Acontius Cydippen interrogavit: »Placetne tibi mecum ambulare ad lacum sacrum?«

---

[34] *linguā haesitare*: stottern / to stammer
[35] *recordari*, recordor, recordatus sum: sich erinnern / to remember

Cydippe adnuit.

Ambulantes diu collocuti sunt de rebus variis. Acontius Cydippae narravit se in urbe Iulide natum esse. Narravit quoque, quomodo vitam in insulā Ceā ageret. Cydippe ei libenter auscultavit.

Paulo post Cydippe Acontio de se narravit. Adulescenti multum de vitā Athenis actā narravit. Cydippe tamen ei non narravit se a patre adulescenti cuidam Atheniensi desponsam esse. Cydippe de Lymandro cogitare noluit, quamquam scivit sibi Acontio esse narrandum de marito futuro.

Cum inter se colloquerentur, magnus exarsit amor in utroque pectore. Acontio praesente Cydippe se bene habebat. Amor magis magisque crevit. Acontius, cum pervenissent ad lacum sacrum, Cydippae dextram suam obtulit[36]. Quae primum haesitavit, tum dextram eius prehendit[37].

Acontius magnā cupiditate affectus Cydippae dixit: »Est, quod tibi narrem. Te amo, Cydippe!«

---

[36] *alicui dextram offerre*: jdm. die Hand entgegenstrecken / to reach out one's hand
[37] *prehendere*, prehendo, prehendi, prehensum: nehmen, anfassen / to catch

Quamquam nonnullas ante horas eum adulescentem nondum noverat, Cydippe numine quodam mota redamavit[38]. Cydippe enim sensit se quoque eum amare. Respondit autem Acontio parvā voce dicens: »Ego quoque te amo, Aconti.«

Acontius suavium[39] Cydippae dedit. Cydippe libentissime suavium accepit.

Post tres fere horas ad aedem Dianae redierunt.

Cum Acontium relinquere nollet, Cydippe tamen dixit: »Mihi in deversorium redeundum est, ne parentes et Dorea ob absentiam meam in sollicitudine sint.«

Acontius adnuit et interrogavit: »Quando iterum conveniemus, Cydippe?«

Cui Cydippe tristis respondit: »O me miseram[40]! Cur fortuna me vehementer exercet?«

Acontius summo stupore Cydippen intuens »Cur«, inquit, »dicis talia verba?«

---

[38] *redamare*, redamo, redamavi: die Liebe erwidern / to love in return
[39] *suavium*, -i n.: Kuss / kiss
[40] *o me miseram!*: Oh ich Unglückliche! / Oh poor me!

Cydippe lacrimare coepit dixitque: »Ignoscas mihi, Aconti! Antea tibi verum non dixi. Te convenire non potero. Nam pater me iam adulescenti Atheniensi despondit. Amor noster nefas est.«

His verbis auditis Acontius diu tacuit. Deinde Cydippen interrogavit, num adulescentem illum amaret.«

Illa negavit.

Acontius autem »Te« inquit »amo, Cydippe! Fugiamus patriam potestatem!«

Cui Cydippe respondit: »Fugere non possum. Patri enim obsequi debeo.«

Acontius autem magno desiderio captus tristiter dixit: »Omnia tibi sunt facienda secundum iussum patris. Peto tamen a te, ut cras me convenias in aede Dianae.«

Multis cum lacrimis Cydippe dixit: »Veniam.«

DE IUREIURANDO DATO

Postquam Cydippe abiit, Acontius ante aedem Dianae consedit. Diu de verbis virginis cogitavit. Nullum sensit appetitum edendi et bibendi. Nam omnes cogitationes in Cydippen contulerunt.

Secum dixit: ›Cydippen ab altero adulescente in matrimonium duci nolo. Ego ipse Cydippen in matrimonium ducere volo. Quid nunc faciam? Num colloquar cum patre eius? Sed pater filiae numquam permittet sponsalia dissolvi[41] alteri adulescenti nubendi causā; alteri adulescenti, qui ignotus est patri.‹

Acontius totus erat in cogitatione defixus, cum repente in foro conspexit tabernam, in quā māla

---

[41] *sponsalia dissolvere*: die Verlobung lösen / to break an engagement

vendebantur. Statim consilium quoddam prudens ei in mentem venit. Acontius unum mālorum emit et in deversorium properavit. Laetus secum dixit: ›Modo honesto quidem Cydippen in matrimonium ducere non potero, sed modo doloso. Cydippen enim auxilio Dianae uxorem habebo.‹

In deversorio Acontius diligenter inscripsit in malo haec verba: ›Per Dianam iuro me Acontio nupturam.‹

Postridie Acontius malum verbis dolosis inscriptum in manu tenens in aedem Dianae properavit. Ibi post unam columnarum se occultavit et Cydippen exspectavit. Paulo post virgo cum nutrice eius, cui omnia narraverat, aedem intravit circumspiciens, ubi Acontius esset.

Nunc Acontius propositum suum peregit: Malum enim clam ad pedes virginis iecit. Dorea autem malum sustulit et inscriptionem conspexit. Itaque nutrix illitterata malum Cydippae dedit dixitque: »Dic mihi, carissima, quid sibi vult haec inscriptio?«

Cydippe malum sumpsit. Dulcis vox eius per totam aedem sonavit. Legit enim magnā voce haec verba: »Per Dianam iuro me Acontio nupturam.«

His verbis dictis Dorea commota perturbataque manus complosit[42]. Incredibile auditu!

Cydippe statim erubuit et malum e manibus dimisit. Stupor magnus virginem defixit. Scivit enim, quid fecisset. Iusiurandum per Dianam testem[43] dederat.

Cydippe multis cum lacrimis clamavit: »Acontio nubere non possum. Alteri adulescenti desponsa sum. Quis est auctor[44] huius fraudis?!«

Subito Acontium procedentem conspexit dixitque: »O tu infelix, quid fecisti! Cur mihi calamitatem intulisti!«

Acontius laetus »Cur« inquit »dicis talia verba? Nonne me amas?«

Cydippe autem dixit: »Te amo, mi Aconti. Sed amor noster nefas est.«

---

[42] *manus complodere*: die Hände zusammenschlagen / to strike hands together
[43] *testis*, testis f.: Zeugin / witness
[44] *auctor*, -oris m.: Urheber, Anstifter / originator

Cui Acontius respondit: »Iureiurando confirmavisti amorem nostrum fas esse. Diana ipsa testis promissi tui est.«

Dorea autem irata dixit: »Ceyx, dominus meus, tibi non permittet, ut Cydippen in matrimonium ducas. Lymandrus erit maritus eius.«

Acontius iratus nutrici respondit: »Placuissetne domino tuo, si filiam rapuissem gladio?« Deinde Cydippen intuens dixit: »Nolo enim te meam esse scelere crudeli, sed auxilio divino.«

Virgo tristis nihil dixit nisi haec: »Tua fieri non possum.«

Acontius »Noli« inquit »facere Deliam iratam! Nube mihi!«

Cui Cydippe respondit: »Iureiurando Dianae teneor[45]. Precabor autem deam, ut hoc iureiurando liberer. Magnus quidem noster est amor, mi Aconti, sed voluntas patris est maior.«

Acontius Cydippae dixit: »Maxima autem voluntas est deae!«

---

[45] *iure iurando teneri*: durch einen Eid gebunden sein / bound by an oath

Cydippe »Iusiurandum« inquit »non dedi voluntate divinā, sed fraude tuā.«

His verbis dictis Cydippe lacrimans ex aede cucurrit. Dorea eam celeriter secuta est.

DE IRĀ DIANAE

Nonnullis diebus post, cum Cydippe rediisset Athenas, dies nuptiarum celebratus est: Multi homines invitati in domum opulente ornatam convenerunt. Mensae epulis conquisitissimis[46] exstruebantur. Symphoniaci carminibus suis hospites initium nuptiarum exspectantes maxime delectabant.

Iam Lymandrus aderat, qui a Ceyce multis verbis laudatus est. Ceyx servos iussit sponsam[47] adducere ad nuptias celebrandas.

Paulo post Philomena sollicita ad Ceyca venit et dixit Cydippen minus valere. Ceyx summo stupore uxorem intuitus est: »Ain' tu? Paulo ante eam bonā

---

46 *epulae conquisitissimae*: äußerst erlesene Speisen / extremely exquisite food
47 *sponsa*, -ae f.: Braut / bride

valetudine esse vidi.«

Cui Philomena dixit: »Nunc autem Cydippe in lecto[48] iacet. Dorea apud eam est.«

His verbis auditis Ceyx in cubiculum[49] filiae iit viditque Cydippen in lecto iacentem. Ille autem putavit filiam Lymandro nubere nolentem se aegram simulare[50].

Itaque Ceyx iratus clamavit: »Surge e lecto, Cydippe! Lymandrus ceterique te iam exspectant.«

Illa autem voce languenti[51] nihil dixit nisi haec: »Non possum, pater.«

Dorea quoque domino suo dixit: »Filia tua, domine, reverā aegra est. Me praesente Cydippe vestem nuptialem[52] induens subito in morbum incidit.«

Ceyx medicum adhiberi iussit. Cum medicus confirmavisset Cydippen esse aegram, Ceyx illos ad nuptias invitatos dimisit. Nuptias enim in aliud

---

[48] *lectus*, -i m.: Bett / bed
[49] *cubiculum*, -i n.: Schlafzimmer / bedroom
[50] *simulare*, simulo, simulavi, simulatum: vortäuschen / to pretend, to simulate
[51] *languere*, langueo, langui: krank sein, kraftlos sein / to be sick
[52] *vestis nuptialis*: Brautkleid / wedding dress

tempus distulit[53]. Lymandrus autem domum non iit. Nam diem ex die[54] magnā sollicitudine captus aegrae adsidebat effingebatque[55] manus Cydippes.

Multos dies Cydippe aestu febrique iactabatur. Membra eius languida[56] erant.

Medicus Cydippen sanare non potuit. Itaque Ceyx alium medicum adhiberi iussit. Ille autem eam sanare non potuit. Ne tertius quidem medicus, quamquam curationes periculosas adhibuit, Cydippen sanavit.

Septimo autem die mirum accidit:

Cydippe repente ex morbo convaluit. Ceyx et Philomena maxime gaudebant filiam iterum bene valere.

Nonnullis diebus post nuptiae iterum paratae sunt. Iterum venerunt omnes, quos Ceyx invitaverat. Iterum mensae epulis conquisitissimis exstruebantur. Iterum symphoniaci carminibus suis omnes maxime delectabant. Et iterum Cydippe in morbum incidit.

---

[53] *aliquid in aliud tempus differre*: etwas auf ein andermal verschieben / to move something to another date
[54] *diem ex die*: Tag für Tag / from day to day
[55] *effingere*, effingo, effinxi, effictum: streicheln / to caress
[56] *languidus*, -a, -um: schlaff, matt / weak

Quā de causā Ceyx nuptias in aliud tempus distulit et invitati domo exierunt. Lymandrus quoque domum iit.

Cydippe autem graviore morbo affecta est quam primo intuitu videretur. Iterum medici adhibiti Cydippen sanare non potuerunt. Corpus eius morbo emaceravit[57]; neque bibere neque edere potuit. Multos dies languore affecta in lecto iacebat.

Parentes desperati nescierunt, quid facere possent ad filiam sanandam.

Post duas fere septimanas Cydippe sine remediis datis ex morbo convaluit. Ceyx magno gaudio affectus nuntium ad Lymandrum misit. Nuntio audito Lymandrus celeriter venit, ut diem nuptiis constitueret.

Iuvene digresso Ceyx ad filiam iit et dixit: »Post quadriduum[58] Lymandrus te in matrimonium ducet.«

Cydippe adnuit.

Ceyx loqui perrexit dicens: »Tibi bona pro nuptiis valetudo sit!«

---

[57] *emacerare*, emacero, emaceravi, emaceratum: ausmergeln, entkräften / to emaciate
[58] *quadriduum*, -i n.: vier Tage / four days

Cui Cydippe respondit: »Exspectationes tuas non decipiam, pater. Lymandro nubam.«

Ceyx laetus »Bona« inquit »filia es, Cydippe.«

Tertium[59] venerunt omnes invitati ad nuptias. Rursus[60] mensae epulis conquisitissimis exstruebantur. Rursus symphoniaci carminibus suis eos, qui aderant, maxime delectabant.

Cum Ceyx sermonem haberet cum nonnullis invitatis, Philomena et Dorea apud Cydippen erant, quae iam vestem nuptialem induerat. Precibus finitis mater filiam interrogavit: »Ut vales, carissima?«

Cydippe »Bene« inquit »valeo, mater. Gaudeo me tandem Lymandro nupturam esse.«

Mater tamen sensit Cydippen verum non dixisse. Subito autem Philomena, antequam filiae respondere potuit, animum Cydippen relinquere[61] vidit. Philomena magnā voce clamavit, cum filiam exanimatam humi iacentem videret. Vox eius per totam domum sonavit. Voce auditā Ceyx celeriter in cubiculum filiae properavit.

---

[59] *tertium*: zum dritten Mal / for the third time
[60] *rursus*: wieder, von Neuem / again
[61] *animus relinquit aliquem*: jemand wird ohnmächtig / to faint

Paulo post Ceyx morbo filiae commotus ad homines invitatos venit dixitque: »Carissimi, Cydippe exanimata in lecto iacet. Quā de causā nuptias hodiernas celebrare non possumus.«

His verbis auditis Lymandrus magnā irā affectus clamavit: »Illudisne me, Ceyx? Bis iam me et ceteros, qui hic adsunt, distulisti in aliud tempus. Num putas me stultum? Dic, cur virginem aegram in matrimonium ducam! Me meosque ad nuptias invitavisti. Veneramus, sed tu nos dimisisti. Quorsus[62] haec? Mihi saepissime dixisti: ›Maxime gaudeo, mi Lymandre, te Cydippen in matrimonium esse ducturum; eam tibi uxorem bonam fore.‹ Talia verba mihi dixisti. Ego autem tibi dico me numquam Cydippen aegram in matrimonium ducturum esse. Quis eam in matrimonium ducat? Ne Pluto quidem eam rapuit sicut olim Persephonen rapuerat. Si Cydippen apud se esse voluisset, eam ad se vocavisset. Habe tecum Cydippen! Iam nolo filiam tuam.«

---

[62] *quorsus*: wozu / why

His verbis dictis Lymandrus iratissimus domo exiit suique eum sunt secuti. Ceteri etiam domum infelicem reliquerunt.

Ceyx magnā desperatione captus secum cogitavit: ›Lymandrus fuisset optimus Cydippes maritus. Quid nunc faciamus? Cur di immortales nos tam puniunt?‹

DE ORACULO CONSULTO

Nullus medicus adhibitus Cydippen sanare potuit. Macies[63] in corpore toto erat. Corpus eius exsangue ac gracile erat. Sic Cydippe mortuae similior erat quam vivae.

Ceyx et Philomena propter filiae valetudinem magnā in sollicitudine erant. Itaque Ceyx consilium cepit, ut ab Apolline Pythio auxilium peteretur. Quā de causā legati Delphos missi sunt consultum oraculum.

Post multos dies legati ad templum Apollinis pervenerunt. Delphis legati sacrificiis factis templum Apollinis intraverunt interrogantes, quomodo Cydippe sanari posset.

---

[63] *macies*, maciei f.: Magerkeit / leanness

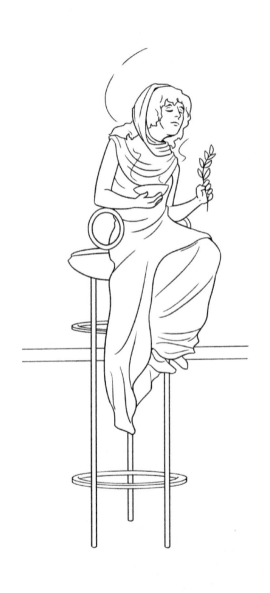

Pythia, sacerdos Apollinis, in tripode[64] sedens legatis ita respondit: »Virgo illa non revalescet[65], donec promissum teste Dianā datum non exsolverit.«

Quo responso audito legati celeriter Athenas redierunt. Philomena, cum audivisset verba legatorum, ad filiam iit.

Philomena Cydippae narravit de verbis ab oraculo missis. Deinde interrogavit filiam: »Cydippe carissima, quae est vis horum verborum? Cur times verum patri mihique narrare? Quod promissum dedisti?«

His verbis auditis Cydippe lacrimas tenere iam non potuit. Pudoris[66] plena multis cum lacrimis matri omnia de Acontio narravit. Retulit enim se illum adulescentem primo in aede Dianae convenisse; deinde se ambulavisse cum eo per urbem; postremo se subito amore Acontii esse captam.

Capite demisso Cydippe »Acontius« inquit »me in matrimonium ducere voluit, sed ego negavit,

---

[64] *tripus*, tripodis m.: Dreifuß / tripod
[65] *revalescere*, revalesco, revalui: genesen / to grow well again
[66] *pudor*, pudoris m.: Schamgefühl, Verlegenheit / shame

quoniam pater me iam Lymandro desponderat. Acontius autem mihi fraudem fecit.«

Cydippe narravit de verbis in malo inscriptis, quae recitaverat in aede Dianae.

His verbis auditis Philomena quaesivit, quis ille esset qualisque. Cui Cydippe respondit: »Acontius, adulescens nobili genere natus, est magnā vi et animi et corporis, vultu pulcherrimo, oculis claris, ingenio bono. Patria eius insula Cea est. Acontii pater sacerdos Iovis est.«

Philomena filiam quaesivit: »Amasne eum?«

Cui Cydippe nihil respondit nisi haec: »Amo.«

Philomena autem adnuit et dixit: »Nunc scio, quae sit causa valetudinis tuae. Magno cum gaudio Diana verba tua audivisse videbatur. Dea enim est delectata iureiurando a te dato. Quoniam adulescens ille Dianae placet, placeat ergo mihi.«

His verbis dictis Philomena e cubiculo exiit.

Paulo post Ceyx cubiculum Cydippae intravit et dixit: »Mater tua omnia mihi narravit. Salus tua nobis cordi est, Cydippe. Nubas ergo illi adulescenti, qui tibi placet. Di bene vertant!«

His verbis auditis Cydippe magno gaudio affecta patrem complexa est.

DE AMORE VERO

Biduo[67] post Ceyx in insulam Ceam profectus est ad Acontium inveniendum. Quā in insulā Ceyx Iulidem petivit, cum Cydippe ei narravisset Acontium esse filium Iovis sacerdotis. Ibi patrem invenit et ei rem illam narravit.

Pater Acontii dixit: »Gratias tibi ago maximas, quod mihi omnia narravisti. Filius ex eo tempore, quo Iulidem rediit, semper multa pocula vini bibit et officia[68] sua neglegit. Acontius mihi narrare noluit, quae esset causa huius indignitatis[69]. Doleo, quod filia tua fraude filii est affecta doloribus magnis.«

Cui Ceyx dixit: »Salus filiae mihi cordi est.«

---

[67] *biduum*, -i n.: Zeitraum von zwei Tagen / two days
[68] *officium*, -i n.: Aufgabe / duty
[69] *indignitas*, -atis f.: Unmut / displeasure

Acontii pater »Salus« inquit »filii mihi quoque cordi est.«

Pater Acontium ad se vocavit. Paulo post ille ebrius ad patrem venit. Pater filio nihil dixit nisi haec: »Hic est Ceyx Atheniensis, Cydippes pater.«

His verbis auditis Acontius magno gaudio affectus est.

Acontius Ceyca interrogavit dicens: »Ut valet Cydippe? Ubi est? Licetne mihi eam videre?«

Ceyx autem respondit: »Magnum et corporis et animi dolorem Cydippae attulisti. Diana irata est, quod filia fidem non praestitit.«

Cui Acontius celeriter respondit: »Crede mihi: Numquam Cydippae dolorem afferre volui. Filiam tuam toto pectore amo.«

»Cydippe quoque te amat.«

Ceyx cum Acontio diu collocutus est. Postremo ille laetus dixit: »Venias mecum Athenas, ut Cydippen in matrimonium ducas!«

His verbis dictis Acontius maximo gaudio affectus est.

Nonnullis diebus post in domo Ceycis nuptiae celebratae sunt. Rursus mensae epulis conquisitissimis exstruebantur. Rursus symphoniaci carminibus suis eos, qui aderant, maxime delectabant.

Acontius et ii, qui ad nuptias invitati sunt, sponsam exspetaverunt. Denique Cydippe vestem nuptialem induta cum matre et nutrice venit. Cydippe bene valebat neque in morbum incidit. Nuptiae celebrari potuerunt. Fides ergo soluta est.

Ex eo tempore Acontius et Cydippe amore coniuncti vitam beatam egerunt.

Finis.

Index nominum et locorum

Acontius, -i m.

Akontios, *junger Mann von der Insel Keos* / Acontius, *youth of the island of Ceos*

Apollo, Apollinis m.

Apollo, *Gott der Weissagung und der Künste, Herr des Orakels von Delphi, Zwillingsbruder der Diana* / Apollo, *god of prophecy and leader of the Muses, patron of the Delphic oracle, twin brother of Diana*

Athenae, -arum f.

Athen, *Stadtstaat und Hauptstadt von Attika* / Athens, *city-state and main capital of Attica*

Atheniensis, -is m.

Athener, *Einwohner von Athen* / Athenian, *citizen of Athens*

Cea, -ae f.

Keos, *Insel in der Ägäis* / Keos, *island in the Aegean Sea*

Ceyx, Ceycis m.

Ceyx, *Vater von Kydippe* / Ceyx, *father of Cydippe*

Cydippe, Cydippes f.

Kydippe, *junge Frau aus Athen* / Cydippe, *young woman from Athens*

Delia, -ae f.

Delia, *Beiname der Göttin Diana* / Delia, *epithet of the goddess Diana*

Delphi, -orum m.

Delphi, *Sitz des Orakels* / Delphi, *seat of the oracle*

Delus, -i f.

Delos, *Insel in der Ägäis* / Delos, *island in the Aegean Sea*

Diana, -ae f.

Diana (griech. Artemis), *Göttin der Jagd und der wilden Tiere, Zwillingsschwester des Apollo* / Diana (Greek Artemis), *goddess of the hunt and the wilderness, twin sister of Apollo*

Dorea, -ae f.

Dorea, *Amme und Sklavin von Kydippe* / Dorea, *nurse and slave of Cydippe*

Iulis, Iulidis f.

Iulis, *Hauptstadt der Insel Keos* / Ioulis, *main capital of the island of Keos*

Iuno, Iunonis f.

Juno (griech. Hera), *Göttin der Ehe und Familie, Gemahlin des Jupiter* / Juno (Greek Hera), *goddess of marriage and family, wife of Jupiter*

Iuppiter, Iovis m.

Jupiter (griech. Zeus), *König der Götter und Göttinnen* / Jupiter (Greek Zeus), *king of the gods and goddesses*

Latona, -ae f.

Leto, *Mutter der Zwillinge Apollo und Diana* / Leto, *mother of the twins Apollo and Diana*

Lymandrus, -i m.

Lymandros, *Verlobter von Kydippe* / Lymandrus, *fiancé of Cydippe*

Naxii, -orum m.

Naxier, *Einwohner der Insel Naxos in der Ägäis* / Naxians, *inhabitants of the island of Naxos in the Aegean Sea*

Philomena, -ae f.

Philomena, *Mutter von Kydippe* / Philomena, *mother of Cydippe*

Pythia, -ae f.

Pythia, *Priesterin des Apollon in Delphi* / Pythia, *priestess of Apollo in Delphi*

Vesta, -ae f.

Vesta (griech. Hestia), *Göttin des Herdfeuers und des häuslichen Friedens* / Vesta (Greek Hestia), *goddess of the hearth and the right ordering of domesticity*

Index verborum

ambulare, ambulo, ambulavi, ambulatum
  spazieren, gehen / to walk
amica, -ae f.
  Freundin / female friend
amicus, -i m.
  Freund / friend
amor, amoris m.
  Liebe / love
ancilla, -ae f.
  Dienerin, Sklavin / maid, female slave
animadvertere, -verto, -verti, -versum
  wahrnehmen, bemerken / to notice
animal, animalis n.
  Tier / animal
animus, -i m.
  Mut; Sinn, Geist / courage; mind
  in animo habere
  vorhaben / to have something in mind
annus, -i m.
  Jahr / year
ante *(+ acc.)*
  vor / before
antequam
  bevor, ehe / before
appetitus, -us m.
  Verlangen; Appetit / desire; appetite
appropinquare, appropinquo,
appropinquavi, appropinquatum
  sich nähern / to come near to
apud *(+ acc.)*
  bei / at, by, near
aqua, -ae f.
  Wasser / water
ara, -ae f.
  Altar / altar
ardere, ardeo, arsi
  brennen / to burn
aspicere, aspicio, aspexi, aspectum
  (genau) betrachten / to look
auctor, -oris m.
  Urheber, Anstifter / originator
audire, audio, audivi, auditum
  hören / to hear

aureus, -a, -um
  aus Gold, golden / of gold, golden
auscultare, ausculto, auscultavi,
auscultatum
  zuhören / to listen
autem
  aber / however
auxilium, -i n.
  Hilfe / help

B

beatus, -a, -um
  glücklich / happy
bene
  gut / well
bibere, bibo, bibi
  trinken / to drink
biduum, - i n.
  Zeitraum von zwei Tagen / two days
bis
  zweimal / twice
bonus, -a, -um
  gut / good
brevis, -e
  kurz / short

C

caelum, -i n.
  Himmel / sky
calamitas, -atis f.
  Unheil, Schaden / misfortune
calamus, -i m.
  Flöte, Rohrpfeife / flute, pan pipe
canere, cano, cecini
  singen / to sing
capere, capio, cepi, captum
  fassen, ergreifen / to seize, to grasp
capillus, -i m.
  Haar / hair
caput, capitis n.
  Kopf / head
carmen, carminis n.
  Lied, Gedicht / song, poem

carus, -a, -um
  lieb; teuer / dear; expensive
causa, -ae f.
  Grund / cause, reason
  causā *(+ gen.)*
  wegen / for the sake of
  quā de causā
  daher, deshalb / therefore
cautus, -a, -um
  vorsichtig / cautious
celebrare, celebro, celebravi, celebratum
  feiern / to celebrate
celer, celeris, celere
  schnell / fast, speedy
cena, -ae f.
  Abendesse / dinner
cenare, ceno, cenavi, cenatum
  speisen, zu Abend essen / to dine
certe
  sicherlich / certainly
ceteri, ceterae, cetera
  die übrigen / the others
circumspicere, -spicio, -spexi, -spectum
  sich umschauen / to look around
circumstare, circumsto, circumsteti
  ringsum stehen / to surround
civitas, civitatis f.
  Stadt; Stadtstaat / city; city-state
clam
  heimlich / secretly
clamare, clamo, clamavi, clamatum
  rufen, schreien / to cry
clamor, clamoris m.
  Lärm, Geschrei / noise, shout
clarus, -a, -um
  hell; berühmt / clear bright; famous
cogitare, cogito, cogitavi, cogitatum
  überlegen,denken / to hink,to consider
cogitatio, cogitationis f.
  Gedanke / thought
cognoscere, cognosco, cognovi,
cognitum
  erkennen / to recognize

colere, colo, colui, cultum
  verehren / to worship
colloqui, colloquor, collocutus sum
  sich besprechen / to talk with
color, coloris m.
  Farbe / colour
columna, -ae f.
  Säule / column, pillar
comitari, comitor, comitatus sum
  begleiten / to accompany
commotus, -a, -um
  besorgt, bestürzt / nervous, annoyed
complecti, complector, complexus sum
  umarmen / to hug
concinere, concino, concinui, concentum
  zugleich ertönen / to sound together
conferre, confero, contuli, collatum
  zusammenbringen / to bring together
confirmare, -firmo, -firmavi, -firmatum
  bekräftigen / to confirm
confugere, confugio, confugi
  fliehen / to flee
conicere, conicio, conieci, coniectum
  richten auf / to focus on
  oculos conicere in aliquem
  den Blick auf jemanden richten / to
  look at sb.
coniungere, -iungo, -iunxi, -iunctum
  verbinden / to connect
conquisitus, -a, -um
  auserlesen / select, exquisite
considere, consido, consedi, consessum
  sich niedersetzen / to sit down
consilium, -i n.
  Beschluss, Plan / decision, plan
conspicere, -spicio, -spexi, -spectum
  erblicken / to notice, to see
construere, -struo, -struxi, -structum
  erbauen / to construct, to build
consulere, consulo, consului, consultum
  befragen / to ask, to consult
convalescere, convalesco, convalui
  gesund werden / to regain health

convenire, -venio, -veni, -ventum
  treffen / to meet
convertere, -verto, -verti, -versum
  umdrehen / tu turn
cor, cordis n.
  Herz / heart
cornu, -us n.
  Horn / horn
corpus, corporis n.
  Körper / body
cotidie
  täglich / daily, every day
cras
  morgen / tomorrow
credere, credo, credidi, creditum
  glauben / to believe
crudelis, -e
  grausam / cruel
cubiculum, -i n.
  Schlafzimmer / bedroom
cum *(+ abl.)*
  mit / with
cum *(+ ind.)*
  wenn, sooft, als / when, whenever
cum *(+ conj.)*
  während, nachdem, als, weil, obwohl /
  when, since, after
cupere, cupio, cupivi, cupitum
  wünschen,begehren / to wish,to desire
cupiditas, cupiditatis f.
  Verlangen, Leidenschaft / passion
cur
  warum / why
cura, -ae f.
  Sorge / worry
curare, curo, curavi, curatum
  sorgen; lassen / to arrange
curatio, -onis f.
  Behandlung / healing, medical care
currere, curro, cucurri, cursum
  laufen / to run
cursus, -us m.
  Lauf / course

custos, custodis m.
  Wächter / guard

D

dare, do, dedi, datum
  geben / to give
de *(+ abl.)*
  über / about, concerning
dea, -ae f.
  Göttin / goddess
debere, debeo, debui, debitum
  müssen / to have to
decipere, decipio, decepi, deceptum
  enttäuschen / to disappoint
dedicare, dedico, dedicavi, dedicatum
  weihen, widmen / to dedicate
defendere, defend, defendi, defensum
  verteidigen / to defend
defigere, defigo, defixi, defixum
  richten, heften / to fix, to fasten
deinde
  dann / then, next
delectare, delecto, delectavi, delectatum
  erfreuen / to delight
demittere, demitto, demisi, demissum
  senken, hinablassen / to drop, to
  slope down
capite demisso
  mit gesenktem Kopf / with head down
demum
  endlich / finally, at last
denique
  schließlich / finally
desiderium, -i n.
  Sehnsucht / desire
desperare, -spero, -speravi, -speratum
  verzweifeln / to despair
desperatio, -onis f.
  Verzweiflung / desperation
despondere, -spondeo, -spondi,-sponsum
  verloben / to promise in marriage
deus, -i m.
  Gott / god

deversorium, -i n.
  Unterkunft, Hotel / accomodation
dexter, dextra, dextrum
  rechts / right
dicere, dico, dixi, dictum
  sagen / to say
dies, diei m.
  Tag / day
differre differ, distuli, dilatum
  verschieben / to postpone
digredi, digredior, digressus sum
  fortgehen / to go away
diligens, diligentis
  sorgfältig / careful
dimittere, dimitto, dimisi, dimissum
  loslassen, fallen lassen / to put away
dissolvere, -solvo, -solvi, -solutum
  auflösen / to dissolve
diu
  lange / a long time
dives, divitis
  reich / rich
divinus, -a, -um
  göttlich / divine, sacred
divitiae, -arum f.
  Reichtum / riches, wealth
dolere, doleo, dolui
  schmerzen / to hurt
dolor, doloris m.
  Schmerz / pain
dolosus, -a, -um
  trügerisch / crafty
domina, -ae f.
  Herrin / mistress, lady
dominus, -i m.
  Herr / master, lord
domus, -us f.
  Haus / house
donare, dono, donavi, donatum
  schenken / to present, to give
donec
  solange, bis / while, as long as, until

donum, -i n.
  Geschenk / gift, present
dormire, dormio, dormivi, dormitum
  schlafen / to sleep
ducere, duco, duxi, ductum
  führen / to lead
  in matrimonium ducere
  heiraten / to marry
dulce, dulcis n.
  Süßigkeit / sweets
dulcis, -e
  süß, angenehm / sweet, charming
duo, duae, duo
  zwei / two

E

e, **ex** *(+ abl.)*
  aus, heraus / out of, from
ebrius, -a, -um
  betrunken / drunk
edere, edo, edi, esum
  essen / to eat
effingere, effingo, effinxi, effictum
  streicheln / to caress
ego
  ich / I, me
emacerare, emacero, emaceravi,
emaceratum
  ausmergeln, entkräften / to emaciate
emere, emo, emi emptum
  kaufen / to buy
enim
  nämlich / namely
epulae, -arum f. *(pl.)*
  Speisen, Gerichte / courses, dishes
esse, sum fui
  sein / to be
et
  und / and
  et ... et
  sowohl ... als auch / as well as
etiam
  auch / also, as well

etiamsi
auch wenn / even if

exanimatus, -a, -um
bewusstlos / unconscious

exardescere, -ardesco, -arsi
entbrennen, erregt werden / to flare

excusare, excuso, excusavi, excusatum
entschuldigen / to excuse

exercere, exerceo, exercui, exercitum
beschäftigen; quälen / to occupy

exire, exeo, exii, exitum
hinausgehen / to go out

exsanguis, -e
blutleer, bleich / bloodless, pale

exsolvere, -solvo, -solvi, -solutum
erfüllen, einlösen / to perform

exspectare, -specto, -spectavi, -spectatum
erwarten / to expect, to await

exspectatio, -onis f.
Erwartung / expectation

exstruere, exstruo, exstruxi, exstructum
auftürmen, beladen / to pile up, to load

mensa epulis exstructa
mit Speisen beladener Tisch / a fully loaded table

F

fabula, -ae f.
Geschichte / story

facere facio, feci, factum
tun, machen / to make, to do

facies, faciei f.
Gesicht / face

fas *(indecl.)*
göttliches Recht / divine law

febris, -is f.
Fieber / fever

fere
fast, beinahe / almost

ferre, fero, tuli, latum
tragen, bringen; ertragen; führen / to bring, to bear, to get; to lead

festum, -i n.
Fest / festival

ficus, -i f.
Feige / fig

fides, fidei f.
Treue / faith, loyality

filia, -ae f.
Tochter / daughter

finire, finio, finivi, finitum
beenden / to end, to finish

finis, finis m.
Ende; Grenze / end; border

florere, floreo, florui
blühen; glänzen/ to flourish

fluctuare, fluctuo, fluctuavi, fluctuatum
treiben, schaukeln / to float

fortasse
vielleicht / perhaps

fortis, -e
tapfer / brave, strong

fortuna, -ae f.
Schicksal / fate

forum, -i n.
Marktplatz / market, square

fraus, fraudis f.
Betrug, List / fraud

frigus, frigoris n.
Kühle, Frische / coolness, freshness

frustra
vergeblich / in vain

fugere, fugio, fugi
fliehen / to flee

futurus, -a, -um
zukünftig / in the future

G

gaudere, gaudeo, gavisus sum
sich freuen / to be glad

gens, gentis f.
Geschlecht / clan, family

genu, genus n.
Knie / knee

gerere, gero, gessi, gestum
  tragen; führen / to wear; to manage
gladius, -i m.
  Schwert / sword
gracilis, -e
  schlank, mager / slim, lank
Graecia, -ae f.
  Griechenland / Greece
gratia, ae-f.
  Dank, Gunst / thanks, grace
  gratias agere
  danken / to thank so.
gratus, -a, -um
  dankbar, angenehm / pleasing, grateful
gravis, -e
  stark, schwer; ernst / heavy; gravely

H

habere, habeo, habui, habitum
  haben / to have
haesitare, haesito, haesitavi, haesitatum
  stecken bleiben / to be stuck
  linguā haesitare
  stottern / to stammer
heri
  gestern / yesterday
hic
  hier / here, in this place
hic, haec, hoc
  dieser, diese, dieses / this
hodie
  heute / today
hodiernus, -a, -um
  heutig / today's
homo, hominis m.
  Mensch / man
homines
  Leute / people
honor, honoris m.
  Ehre / honour
hortari, hortor, hortatus sum
  auffordern / to request, to encourage

humi
  am Boden / on the floor
  humi iacere
  am Boden liegen / laying on the floor

I

iacere, iaceo, iacui
  liegen / to lie
iactare, iacto, iactavi, iactatum
  schütteln / to agitate
iam
  schon / already
non iam
  nicht mehr / no longer
ibi
  dort / there, in that place
idem, eadem, idem
  derselbe, dieselbe, dasselbe / the same
ignoscere, ignosco, ignovi, ignotum
  verzeihen / to forgive
ignotus, -a, -um
  unbekannt / unknown
ille, illa, illud
  jener, jene, jenes / that one
illitteratus, -a, -um
  des Lesens unkundig / illiterate
illudere, illudo, illusi, illusum
  verspotten / to joke
imberbis, -e
  ohne Bart / beardless
immolare, -molo, -molavi, -molatum
  opfern / to sacrifice
immortalis, -e
  unsterblich / immortal
in *(+acc./ +abl.)*
  in, nach / in, into
incertus, -a, -um
  unsicher / uncertain
incidere, incido, incidi
  fallen / to fall
  in morbum incidere
  krank werden / to fall ill

incipere, incipio, coepi, coeptum
  beginnen / to begin
incredibilis, -e
  unglaublich / incredible
indignitas, -atis f.
  Unmut / displeasure
induere, induo, indui, indutum
  anziehen / to dress oneself in
infelix, infelicis
  unglücklich / unlucky, unfortunate
inferre, infero, intuli, illatum
  antun, zufügen / to inflict, to cause
ingenium, -i n.
  Charakter / character
ingens, ingentis
  gewaltig / huge
innumerabilis, -e
  zahllos / innumerable, numberless
innumerus, -a, -um
  unzählig / innumerable
inquit *(defect.)*
  sagen, sprechen / to say
inscribere, -scribo, scripsi, -scriptum
  hineinschreiben / to write on
inscriptio, -onis f.
  Aufschrift / inscription
insula, -ae f.
  Insel / island
intellegere, intellego, intellexi,
intellectum
  verstehen, erkennen / to understand,
  to realize
inter *(+ acc.)*
  zwischen, unter / between, among
interesse, intersum, interfui *(+ dat.)*
  teilnehmen an / to take part in
interrogare, interrogo, interrogavi,
interrogatum
  fragen / to ask
intrare, intro, intravi, intratum
  eintreten, betreten / to enter
intueri, intueor, intuitus sum
  anschauen,betrachten/to look,to watch

invenire, invenio, inveni, inventum
  finden / to find
invitare, invito, invitavi, invitatum
  einladen / to invite
ipse, ipsa, ipsum
  selbst / himself, herself, itself
ira, -ae f.
  Zorn / anger
iracundia, -ae f.
  Zorn / anger
iratus, -a, -um
  zornig / angry
ire, eo, ii, itum
  gehen / to go
is, ea, id
  dieser, diese, dieses / he, she, it
itaque
  deshalb / therefore
iterum
  wieder / again
iter, itineris n.
  Weg; Reise / road, journey
iubere, iubeo, iussi, iussum
  befehlen / to order, to command
iurare, iuro, iuravi, iuratum
  schwören / to swear
ius, iuris n.
  Recht / law, right
iusiurandum, iurisiurandi n.
  Eid / oath
iussum, -i n.
  Befehl / order

L

lacertosus, -a, -um
  muskulös / muscular
lacrima, -ae f.
  Träne / tear
lacrimare, lacrimo, lacrimavi, lacrimatum
  weinen / to shed tears, to cry
lacus, lacus m.
  See, Teich / lake, basin

laetitia, -ae f.
Freude, Fröhlichkeit / joy, happiness
laetus, -a, -um
fröhlich / happy
languere, langueo, langui
krank sein / to be sick
languidus, -a, -um
schlaff, matt / weak
languor, languoris m.
Erschöpfung, Müdigkeit / faintness
laudare, laudo, laudavi, laudatum
loben / to praise
latus, -a, -um
weit, breit / wide, broad
lautus, -a, -um
vornehm, stattlich / elegant
lectus, -i m.
Bett / bed
legatus, -i m.
Gesandter / envoy, legate
legere, lego, legi lectum
lesen / to read
lenis, -e
langsam, ruhig / slow, calm
leo, leonis m.
Löwe / lion
libenter
gerne / gladly
liberare, libero, liberavi, liberatum
befreien / to free
licet, licuit
es ist erlaubt / it is permitted
lingua, -ae f.
Sprache; Zunge / language, tongue
locus, -i m.
Platz, Stelle / place, position
longus, -a, -um
lang / long
loquax, loquacis
vielsagend / loquacious
loqui, loquor, locutus sum
sprechen / to speak

lucere, luceo, luxi
leuchten / to shine

M

macies, maciei f.
Magerkeit / leanness
magis
mehr / more
magistratus, -us m.
Beamter; Amt / magistrate; office
malus, -a, -um
schlecht, übel / bad, ugly
magnificus, -a, -um
großartig, prächtig / magnificent
magnus, -a, -um
groß / big, large
mālum,- i n.
Apfel / apple
manere, maneo, mansi, mansum
bleiben / to stay, to remain
manus, manus f.
Hand / band
mare, maris n.
Meer / sea
maritus, -i m.
Ehemann / husband
mater, matris f.
Mutter / mother
maximus, -a, -um
sehr groß / great
medicus, -i m.
Arzt / doctor
membrum, -i n.
Körperteil / limb, part of the body
mens, mentis f.
Geist, Verstand / mind
mensa, -ae f.
Tisch / table
meractor, mercatoris m.
Händler / trader, merchant
metus, -us m.
Furcht / fear

meus, -a, -um
mein / my

mirabilis, -e
erstaunlich, wunderbar / wonderful
mirabile visu
Erstaunlich zu sehen! / It is
incredible to see this!

mirus, -a, -um
erstaunlich, wunderbar / wonderful

mittere, mitto, misi, missum
schicken / to send

miser, -a, -um
elend, arm / miserable, wretched

modus, -i m.
Art, Weise / manner, mode
eiusmodi
derartig / of such kind

momentum, -i n.
Bedeutung / importance
maximi momenti
wichtig / of great importance

monere, moneo, monui, monitum
ermahnen / to warn

monstrare, monstro, monstravi,
monstratum
zeigen / to show

morbus, -i m.
Krankheit / illness, sickness
in morbum incidere
krank werden / to fall ill

mortuus, -a, -um
tot / dead

mos, moris m.
Sitte, Brauch / custom, habit

movere, moveo, movi, motum
bewegen / to move

mox
bald / soon

multi, -ae, -a
viele / many

multitudo, multitudinis f.
Menge, große Anzahl / great number

N

nam
denn, nämlich / namely

narrare, narro, narravi, narratum
erzählen / to tell, to relate

natus, -a, -um
geboren / born

navigare, navigo, navigavi, navigatum
segeln / to sail

navis, navis f.
Schiff / ship

nefas n. *(indecl.)*
Frevel, Missachtung göttlichen Rechts /
sin, violation of divine law

negare, nego, negavi, negatum
nein sagen / to answer no, to deny

neglegere, neglego, neglexi, neglectum
missachten / to neglect

negotium, -i n.
Geschäft / business, activity

nemo
niemand / nobody

neque
und nicht / and not
neque ... neque
weder ... noch / neither ... nor

nescire, nescio, nescivi, nescitum
nicht wissen / to not know

niger, nigra, nigrum
schwarz, dunkel / black, dark

nihil
nichts / nothing

nisi
wenn nicht / if not
nihil nisi
nichts außer / nothing except

niti, nitor, nixus sum
sich stützen / to lean upon

nobilis, -e
vornehm, edel / noble, well born

nomen, nominis n.
Name / name

non
nicht / not
nondum
noch nicht / not yet
nonnulli, -ae, -a
einige / some, a few
nolle, nolo, nolui
nicht wollen / to wish not to
noster, nostra, nostrum
unser / our
novisse, novi
kennen / to know
nox, noctis f.
Nacht / night
nubere, nubo, nupsi, nupta *(+ dat.)*
heiraten / to marry
nullus, -a, -um
keiner, keine, keines / no one
numen, numinis n.
Gottheit / divinity
numquam
niemals / never
nunc
jetzt / now
nuntius, -i m.
Bote / courier
nuptiae, -arum f. *(pl.)*
Hochzeit / wedding
dies nuptiarum
Hochzeitstag / wedding day
nutrix, nutricis f.
Amme / nurse

O

ob *(+ acc.)*
wegen / because of, for
obscurus, -a, -um
undeutlich / vague, obscure
obsequi, obsequor, obsecutus sum
gehorchen / to obey
occultare, occulto, occultavi
verstecken / to hide
oculus, -i m.
Auge / eye

offerre, offero, obtuli, oblatum
darbieten / to offer
officium, -i n.
Aufgabe / duty
olere, oleo, olui
riechen / to smell
olim
einst / once
omnes, omnium
alle / all
omnis, -e
jeder / every
optimus, -a, -um
der beste / the best
opulentus, -a, -um
reichlich, wohlhabend / wealthy, rich
oraculum, -i n.
Orakel / oracle
ordo, ordinis m.
Ordnung, Reihe / order, rank
ordo Ionicus
Ionische Ordnung / Ionic order
oriri, orior, ortus sum
entstehen / to rise
ornare, orno, ornavi, ornatum
schmücken / to decorate
os, oris n.
Mund, Gesicht / mouth, face
otium, -i n.
freie Zeit / spare time
ovis, -is f.
Schaf / sheep

P

palma, -ae f.
Palme / palm tree
panis, panis m.
Brot / bread
parare, paro, paravi, paratum
vorbereiten / to prepare
parentes, parentium m.
Eltern / parents

parere, pareo, parui
  gehorchen / to obey
parere, pario, peperi, partum
  gebären / to give birth to
paries, parietis m.
  Wand / wall, house wall
pars, partis f.
  Teil / part
pater, patris m.
  Vater / father
patere, pateo, patui
  offen stehen / to stand open
patria, -ae f.
  Heimat / home, native land
paulo ante
  kurz vorher / a little bit earlier
paulo post
  wenig später / a little bit later
pavimentum, -i n.
  Fußboden / floor
pectus, pectoris n.
  Brust / breast
pellere, pello, pepuli, pulsum
  schlagen, stoßen / to beat, to push
per *(+ acc.)*
  durch, über / through, by
peragere, perago, peregi, peractum
  durchführen / to carry out
perdere, perdo, perdidi, perditum
  vergeuden / to waste, to lose
  tempus perdere
  Zeit vergeuden / to waste time
pergere, pergo, perrexi, perrectum
  fortsetzen / to go on
periculosus, -a, -um
  gefährlich / dangerous
perlegere, -lego, legi, lectum
  durchlesen / to read through
permittere, -mitto, -misi, -missum
  zulassen, gestatten / to permit
perterrere, perterreo, perterrui
  erschrecken / to frighten greatly

pertinere, pertineo, pertinui
  sich erstrecken / to extend
perturbatus, -a, -um
  bestürzt, beunruhigt / troubled
pervenire, pervenio, perveni, perventum
  hinkommen / to reach
pes, pedis m.
  Fuß / foot
petere, peto, petivi, petitum
  aufsuchen, bitten / to reach, to ask
pingere, pingo, pinxi, pictum
  malen / to paint
poculum, -i n.
  Becher / cup
placere, placeo, placui
  gefallen / be acceptable
placidus, -a, -um
  freundlich, ruhig / gentle
plenus *(+ gen.)*
  voll von / full of
plures, plurium
  mehrere / more
pompa, -ae f.
  Prozession, Festzug / procession
pomum, -i n.
  Frucht / fruit
ponere, pono, posui, positum
  setzen, legen, stellen / to put, to set
porta, -ae f.
  Tor / gate
portare, porto, portavi, portatum
  tragen / to carry
portus, -us m.
  Hafen / port, harbour
posse, possum, potui
  können / to be able
post *(+ acc.)*
  nach; hinter / after; behind
postea
  später / afterwards
postquam
  nachdem / after

postremo
schließlich / finally

postridie
am folgenden Tag / on the following day

potestas, potestatis f.
Macht; Gelegenheit / power; opportunity
patria potestas
väterliche Gewalt / power of a father

praedo, praedonis m.
Räuber / robber, thief

praeproperus, -a, -um
voreilig, vorschnell / very hurried

praesens, praesentis
gegenwärtig / present
me praesente
in meiner Anwesenheit / in my presence

praestare, praesto, praestiti, praestitum
verantwortlich sein für etw. / to be responsible for sth.

praeterea
außerdem / besides

precari, precor, precatus sum
beten / to pray

preces, precum f.
Bitte; Gebet / request; prayer

prehendere, prehendo, prehendi
nehmen, anfassen / to catch

pretiosus, -a, -um
wertvoll / precious, of great value

pridie
tags zuvor / the day before

primum
zuerst / at first

primus, -a, -um
der erste / first

priusquam
bevor, ehe / before

procedere, -cedo, -cessi, -cessum
vortreten / to appear

procumbere, -cumbo, -cubui, -cubitum
niederbeugen / to sink down

profecto
tatsächlich / surely, certainly

proficisci, proficiscor, profectus sum
aufbrechen, abreisen / to depart

promissum, -i n.
Versprechen / promise

promittere, -mitto, -misi, -missum
versprechen / to promise

prope *(+ acc.)*
nahe, in der Nähe / near, close by

properare, propero, properavi, properatum
eilen, sich beeilen / to hurry

propositum, -i n.
Vorhaben, Plan / purpose, plan

propter *(+ acc.)*
wegen / because of

prora, -ae f.
Bug, Vorderteil des Schiffes / prow

prudens, prudentis
klug / skilled, clever

pudor, pudoris m.
Schamgefühl, Verlegenheit / shame

pugna, -ae f.
Kampf, Schlägerei / fight, brawl

pulcher, pulchra, pulchrum
schön / beautiful

pulchritudo, pulchritudinis f.
Schönheit / beauty

pulsare, pulso, pulsavi, pulsatum
schlagen, stoßen / to beat

punire, punio, punivi, punitum
bestrafen / to punish

putare, puto, putavi, putatum
glauben; halten für / to think, to believe

Q

quadriduum, -i n.
vier Tage / four days

quaerere, quaero, quaesivi, quaesitum
suchen / to search

quaerere a/e + *(abl.)*
fragen / to ask
qualis, -e
welche(r, -s), wie beschaffen / what kind of, what is (he, she, it) like
quam
als / than
quamquam
obwohl / although
quando
wann / when
-que
und / and
qui, quae, quod
welcher, welche, welches / who, which
quia
weil / because
quid
was / what
quidam, quaedam, quoddam
ein (gewisser) / a certain one
quidem
freilich, zwar / certainly, indeed
ne ... quidem
nicht einmal / not even
quis
wer / who
quo
wohin / where, where to
quod
weil, dass / because
quomodo
wie / how
quoniam
weil / because
quoque
auch / also
quorsus
wozu / why
quotannis
jährlich / annually

R

rapere, rapio, rapui, raptum
rauben / to steal
recitare, recito, recitavi, recitatum
vorlesen / to read aloud
recordari, recordor, recordatus sum
sich erinnern / to remember
rectus, -a, -um
richtig / right
recte
genau, richtig / correctly; exactly
redamare, redamo, redamavi
die Liebe erwidern / to love in return
redire, redeo, redii, reditum
zurückgehen, zurückkehren / to return, to go back
referre, refero, retuli, relatum
berichten / to report, to tell
relinquere, relinquo, reliqui, relictum
verlassen / to leave
remedium, -i n.
Medizin, Heilmittel / medicine, cure
repente
plötzlich / suddenly
requiescere, requiesco, requievi, requietum
ruhen, rasten / to quiet down, to rest
res, rei f.
Sache / thing
reverā
tatsächlich / in fact, actually
respondere, respondeo, respondi, responsum
antworten / to answer
responsum, -i n.
Antwort / answer
revalescere, revalesco, revalui
genesen / to grow well again
robustus, -a, -um
kräftig / strong
rogare, rogo, rogavi, rogatum
fragen / to ask
rubescere, rubesco, rubui
rot werden / to become red

rursus
  wieder, von Neuem / again

S

sacer, sacra, sacrum
  heilig / sacred, holy
sacerdos, sacerdotis m.
  Priester / priest
sacrificium, -i n.
  Opfer / sacrifice
  sacrificium facere
  ein Opfer darbringen / to sacrifice
saepe
  oft / often
sagitta, -ae f.
  Pfeil / arrow
saltator, saltatoris m.
  Tänzer / dancer
saltatrix, saltatricis f.
  Tänzerin / dancing girl
salus, salutis f.
  Gesundheit, Wohlergehen / health
salve!
  sei gegrüßt! / welcome!
sanare, sano, sanavi, sanatum
  heilen, gesund machen / to heal
scelus, sceleris n.
  Verbrechen / crime
  scelus committere
  ein Verbrechen begehen / to commit
  a crime
scire, scio, scivi, scitum
  wissen / to know
scribere, scribo, scripsi, scriptum
  schreiben / to write
se
  sich / himself, herself
secundum
  nach, gemäß / according to
sed
  sondern, aber / but
sedere, sedeo, sedi, sessum
  sitzen / to sit

semper
  immer / always
senitre, sentio, sensi, sensum
  fühlen / to feel
septimana, -ae f.
  Woche / week
sequi, sequor, secutus sum
  folgen / to follow
septimus, -a, -um
  siebte(r, -s) / seventh
serenus, -a, -um
  heiter, klar / clear, bright
sermo, -onis m.
  Gespräch / conversation
serva, -ae f.
  Sklavin / female slave
servus, -i m.
  Sklave / slave
si
  wenn, falls / if
sic
  so / thus, so
sicut
  sowie, gleichwie / as, like
silva, -ae f.
  Wald / wood, forest
similis, -e
  ähnlich / similar
simulacrum, -i n.
  Kultbild / cult image
simulare, simulo, simulavi, simulatum
  vortäuschen / to pretend, to simulate
sine *(+ abl.)*
  ohne / without
sinister, sinistra, sinistrum
  links / left
situs, -a, -um
  gelegen / situated
sol, solis m.
  Sonne / sun
sollicitudo, sollicitudinis f.
  Sorge, Kummer / disquiet

sollicitus, -a, -um
  beunruhigt / to disquiet
solus, -a, -um
  allein, nur / alone, only
non solum ... sed etiam
  nicht nur–sondern auch / not only–
  but also
solvere, solvo, solvi, solutum
  lösen; erfüllen / to free; to comply
somnus, -i m.
  Schlaf / sleep
  se somno dare
  einschlafen / to fall asleep
sonare, sono, sonavi, sonatum
  erklingen / to sound
soror, -oris f.
  Schwester / sister
spectare, specto, spectavi, spectatum
  schauen, betrachten / to watch, to
  look
sperare, spero, speravi, speratum
  hoffen / to hope
spes, spei f.
  Hoffnung / hope
sponsa, -ae f.
  Braut / bride
sponsalia, -ium n. i *(pl.)*
  Verlobung / engagement
stare, sto, steti, statum
  stehen / to stand
statim
  sofort / immediately
statua, -ae f.
  Statue / statue
stultus, -a, -um
  dumm / stupid
stupere, stupeo, stupui
  starr sein, staunen / to be amazed, to
  be stunned
stupor, stuporis m.
  Staunen, Verwunderung / surprise
suavium, -i n.
  Kuss / kiss

subito
  plötzlich / suddenly
subridere, subrideo, subrisi
  lächeln / to smile
subvenire, subvenio, subveni, subventum
  zu Hilfe kommen / to come to help
sumere, sumo, sumpsi, sumptum
  nehmen / to take
summus, -a, -um
  der höchste / the highest
surgere, surgo, surrexi, surrectum
  aufstehen / to stand up
sus, suis m./f.
  Schwein / pig
suus, sua, suum
  sein, ihr / his, her

T
taberna, -ae f.
  Laden, Geschäft / shop
tacere, taceo, tacui, tacitum
  schweigen, still sein / to be quiet
talis, -e
  derartig, solch / such, of such kind
tam
  so / so
tamen
  dennoch / nevertheless
tamquam
  als ob, wie wenn / just as
tandem
  schließlich / finally
tantum
  nur / only, just
tantus, -a, -um
  so groß, so viel / so great, so much
taurus, -i m.
  Stier / bull
templum, -i n.
  Tempel / temple
tempus, temporis n.
  Zeit / time

tenere, teneo, tenui, tentum
  halten / to hold
tenuis, -e
  zart, dünn / thin, fine
tertium
  zum dritten Mal / for the third time
tertius, -a, -um
  der dritte / third
testis, -is m./f.
  Zeuge, Zeugin / witness
tibi
  dir / to you, for you
tibia, -ae f.
  Flöte / flute
timere, timeo, timui
  fürchten / to be afraid of
tollere, tollo, sustuli, sublatum
  hochheben; wegschaffen / to lift; to
  steal
totus, -u, -um
  ganz / whole
tres *(m./f.)*, tria *(n.)*
  drei / three
triginta
  dreißig / thirty
tripus, tripodis m.
  Dreifuß / tripod
tristis, -e
  traurig / sad
tristitia, -ae f.
  Traurigkeit / sadness
tu
  du / you
tum
  dann / then
tus, turis n.
  Weihrauch / incense
tutus, -a, -um
  sicher / safe
tuus, -a, -um
  dein / your *(singular)*

U

ubi
  wo / where
ubique
  überall / everywhere
umbrosus, -a, -um
  schattig / shady, shadowy
unda, -ae f.
  Welle / wave
unus, una, unum
  ein, eine, eines / one, only one
urbs, urbis f.
  Stadt / city
usque ad *(+ acc.)*
  bis zu / up to
ut *(+ ind.)*
  wie / like
ut *(+ conj.)*
  dass, damit, um–zu / so that,in order to
uterque, utraque, utrumque
  jeder von beiden / each one of the two
uti, utor, usus sum
  verwenden, benützen / to use
utrum ... an
  ob ... oder / whether ... or
utrum ... necne
  ob ... oder nicht / whether ... or not
uva, -ae f.
  Traube / grape
uxor, uxoris f.
  Ehefrau / wife

V

valde
  sehr / very
valere, valeo, valui
  gesund sein / to be vigorous
valetudo, valetudinis f.
  Gesundheitszustand / health condition
validus, -a, -um
  stark, kräftig / strong
varius, -a, -um
  verschieden / different

vehemens, vehementis
 heftig, stark / vehement
velare, velo, velavi, velatum
 verschleiern / to veil, to cover
velle, volo, volui
 wollen / to want
venatus, -us m.
 Jagd / hunt
vendere, vendo, vendidi, venditum
 verkaufen / to sell
venire, venio, veni, ventum
 kommen / to come
verbum, -i n.
 Wort / word
vertere, verto, verti, versum
 wenden / to turn
verum, -i n.
 Wahrheit / truth
vestire, vestio, vestivi, vestitum
 kleiden / to dress
vestis, vestis f.
 Kleidung, Gewand / garment,
 clothing
 vestis nuptialis
 Brautkleid / wedding dress
via, -ae f.
 Straße / street, road
victima, -ae f.
 Opfertier / animal for sacrifice
videre, video, vidi, visum
 sehen / to see
videri, videor, visus sum
 scheinen / to seem, to appear
vinum, -i n.
 Wein / wine
vir, viri m.
 Mann / man
virgo, virginis f.
 junge Frau / young woman
vis f. *(Pl. vires)*
 Kraft; Bedeutung / meaning, strength

visitare, visito, visitavi, visitatum
 besichtigen / to visit
vita, -ae f.
 Leben / life
vivere, vivo, vixi
 leben / to live
vivus, -a, -um
 lebendig / alive
vix
 kaum / hardly
vocare, voco, vocavi, vocatum
 rufen / to call
voluntas, -atis f.
 Wille, Absicht / will, desire
vox, vocis f.
 Stimme / voice
 voce magnā
 mit lauter Stimme / in a loud voice
 voce parvā
 mit leiser Stimme / in a low voice
vultus, -us m.
 Gesicht, Antlitz / face

Verba auctoris

De Acontio et Cydippe fabula est una e clarissimis fabulis amatoriis tempore antiquo scriptis. Callimachus Cyrenius primus de iis duobus amantibus narravit (vide Aetia III, fr. 67–75). De hāc fabulā etiam Ovidius poeta scripsit in duabus ex Epistulis Heroidum (vide epistulas XX et XXI).

Hanc fabulam copiosius renarravi neque disputationis philologicae neque disciplinae grammaticae, sed delectationis causā. Ut fabulam melius scribere possem, plurima nomina a me ficta sunt, ex. gr. nomen Doreae nutricis, Philomenae matris, Lymandri mariti futuri. Unicuique, qui quaeve hunc libellum explicat, volo dare facultatem, ut sine molestiā Latinitatem huius libelli et facile et bene legere possit. Quā de causā nonnulla verba, quibus hoc in libello usus sum, descripsi et Theodisce et Anglice, ut totum libellum optime legere ac intellegere possis. Praeterea omnia verba, quibus hoc in libello usus sum, descripsi et Theodisce et Anglice in indice separato.

Hoc in libello scripsi omnia verba sine syllabis neque longis neque brevibus, nisi ea verba generis feminini, quibus est declinatio prima. Quoniam illorum verborum nominativus et ablativus singularis desinunt in litteram »a«, invenientur illa verba in ablativo scripta longā syllabā, quae est »ā«, ut facilius distinguantur.

Gratias ago maximas Alexio Cosano, qui fabulam perlegit emendavitque. Haec fabula tota a me scripta est. Si quae menda sive grammatica sive stilistica invenies, eadem solā meā culpā effecta esse scito.

Dedico hunc libellum Verenae sorori.

Michael Hirschler

anno MMXXII

De auctore

Michael Hirschler natus est Vindobonae anno MCMLXXXVII. In universitate Vindobonensi archaeologiae classicae historiaeque antiquae studebat. Michael Hirschler in gymnasio quodam Austriaco linguam Latinam docet.

De aliis ab hoc auctore
libellis Latine scriptis

De custode Ammonis
Fabula criminalis in Aegypto temporibus
Pharaonum acta
(Paperback, 150 pp., 2020)

ISBN: 979-8681616023

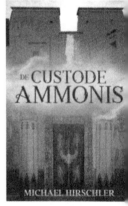

A murder mystery set in Ancient Egypt written in comprehensible Latin: Four days before the main festival of the god Amun, his cult image is stolen from the temple in Karnak. The priests are terrified. In particular, Nefertus, the high priest of Amun, fears that the Pharaoh will punish him. The high priest's children try everything to save their father. A dangerous race against time begins - especially when a murder happens ...

Leonidas (De ducibus Graecis I)
(Paperback, 88 pp., 2018)

ISBN: 978-1727572643

The book tells the story of Leonidas, king of Sparta, and his famous role in the Battle of Thermopylae (480 BC). It also deals with the Greco-Persian Wars, where the Greeks saved the Greek world against the Persian invasion. It gives a good overview about the historical events that established the base for a self-confident rise of the Ancient Greek World.

Themistocles (De ducibus Graecis II)
(Paperback, 145 pp., 2019)

ISBN: 978-1723846502

The Athenian politician Themistocles is one of the most popular characters in Ancient Greek History. Written in comprehensible Latin the book tells the whole life of Themistocles from his youth and political success in Athens as well as his famous role in the Battle of Salamis (480 BC) to his ostracism and his defect to the Persians.

De claustro magico
(paperback, 44 pp., 2017)
ISBN: 978-1973918882

A king who loves his only daughter wants to prevent that a prince could marry her just due to her money and wealth. He wishes for his daughter a husband who loves her truly. Therefore the king checks every new candidate with the help of a magical door lock.

Calio. Fabula Latina
(paperback, 60 pp., 2017)
ISBN: 978-1978197169

Calio is a nymph of the goddess Diana. She is not only the most beautiful, but also the most arrogant nymph of all. After the love god Cupid was mocked by Calio, he shoots an arrow at Calio. Thereafter the nymph falls in love with a man and loses her virginity. When Diana finds out this sacrilege, she punishes Calio by taking away the nymph's beauty. As an ugly and despised woman, Calio lives retreated in the woods – until one day a young man enters her life …

De tortā nataliciā
(paperback, 36 pp., 2018)

ISBN: 978-1720516422

Tullia is invited to a birthday party. For a long time

she thinks about a suitable gift. Finally, she decides to bake a birthday cake ...

De horto zoologico
(paperback, 60 pp., 2018)

ISBN: 978-1729720240

Spend a day with Mark and Lucy at the zoo and

visit elephants, giraffes, lions, monkeys and a lot of other animals there.

Printed in Great Britain
by Amazon

87669253R00047